바르셀로나의 유서

바르셀로나의 유서

백세희

위즈덤하우스

차례

바르셀로나의 유서 ·· 7

작가의 말 ·· 74

백세희 작가 인터뷰 ·· 77

이름은 이샘. 엄마는 샘처럼 맑고 투명하게 자라라고 했지만, 샘만 잔뜩 내는 인간으로 커버렸다.

그리고 이젠 돌이킬 수 없는 어른.

강토에게

가이드의 설명이 인상적이었어.
사그라다 파밀리아 성당의 웅장한 외견에 압도당한 채 들어가면 다소 허전하다고 느낄 수 있다고.
하지만 내부는 다양한 색의 빛으로 가득 차 있다고.

아무것도 없는 것 같지만 환한 빛이 가득 차 있다고.
그 말이 좋았어.

아무것도 없어 보이지만 환한 빛이 가득하다.
뭐 있어 보이는데 열어보면 새카만 물이 줄줄 흐르는 것보다는 낫잖아.

사그라다 파밀리아 성당은
내가 완공 후까지 살아 있다면
다시 와보고 싶을 정도로 엄청났어.

아, 말실수했다.
그때까지 살아 있을 리 없는데.

파울라와의 첫 만남

파울라를 처음 만났을 때가 떠올라. 내 책을 번역한 사람이 날 만나고 싶어 한다는 메일을 처음 받았거든. 내가 쓴 책이 한 권밖에 없기도 하고, 그 책이 100만 부가 팔리고 30개국에 번역될 줄도 몰랐으니까.

메일은 예의 바르고 담백했어.

안녕하세요, 저는 《죽고 싶지만 족발은 먹고 싶어》 스페인어판 번역자 Paula Martínez Gual입니다. 스페인에서 11월 14일 번역본이 출판될 예정이고, 이미 많은 기대와 관심을 받고 있다는 소식을 전해드리려고 연락드립니다. 개인적으로 작가님의 책을

번역할 수 있어서 영광이었고 번역자로서,
또 독자로서 많은 것을 배웠다고 느낍니다.
저는 지금 서울에 살고 있는데, 괜찮으시다면
만나서 작품 이야기를 나누고 싶습니다.

요약하면 이런 내용이었어.

심드렁하게 노트북 화면을 보다가 문득,
'한국어 잘 쓰네? 말도 잘하려나?' 하는
호기심이 생겼고 만나고 싶어졌어. 놀랍지?
그때의 나는 집 밖으로 한 발짝도 나가지
못했잖아. 3개월 동안 25킬로그램이 늘면
땅에 발을 딛는 것만으로도 고통이라는 걸
그때 알았어. 현관문을 여는 유일한 순간은
배달 음식을 받을 때뿐이었지. 배달 메시지를
무시한 채 대문 앞에 두고 가는 사람들이
싫었어. 앞마당을 걷는 몇 발짝도 아파서 견딜

수 없었거든. 누군가를 마주칠까 봐 무서웠어. 왜 그렇게 살았냐고? 어쩔 수 없었어. 음식물이 목 끝까지 차 있지 않으면 바로 공허가 찾아왔거든. 바람 빠진 풍선 인형처럼 쪼그라들 거 같았달까. 내 몸과 삶의 형태를 최대한 유지하기 위해 쉴 새 없이 먹는 것을 선택했지. 그래도 홀린 듯이 답장을 보냈고 번호를 교환했어. 날짜는 12월 4일, 장소는 합정역.

막상 약속을 잡자 덜컥 겁이 났어. '어떻게 나가지? 어쩌려고 이랬지?' 취소할 수도 있었지만 그러고 싶지 않았어. 어쩌면 이 약속이 세상 밖으로 다시 나갈 기회 아닐까 싶었거든. 스마트폰을 쥔 채로 소파에 앉아 손톱을 물어뜯다가 벌떡 일어나 집 앞 전철역으로 뛰어나갔어. 개찰구 앞에 멈춰 서니까 몸이 덜덜 떨리더라. 영화나

드라마에서 주인공은 멈춰 있고 사람들이 빠르게 스쳐 지나가는 장면 있잖아. 딱 그거였어.

약 6개월 만에 사람들을 봤어. 깔깔거리며 지나가는 대학생들, 급히 뛰어나가는 사람, 통화하는 사람, 느긋이 담배를 꺼내 드는 사람. 사람. 사람. 그때 느낀 감각을 기억해. 아무도 나를 보지 않는다. 신경 쓰지 않는다. 그리고 이들은 살아 있다. 당연한 말이지만 그들은 살아 있었어. 그 농도가 연하든 진하든, 지쳐 있든, 넘쳐 있든 어떤 생명력 같은 게 내 몸을 마구 통과했어. 막혀 있던 무언가가 뚫린 것처럼 후련해졌지.

순간 이 생각이 들더라.

'아무것도 아닌데.'

나도 너도 우리도 정말 아무것도 아니구나.

아무도 주인공이 아니었어. 나 역시 지나가는 행인1이었어. 맞아. 난 아무것도 아니지. 집에 숨었던 시간 동안 세상이 바뀌었을 거라 착각했는데, 결국 괴물처럼 부풀어 오른 건 내 자의식뿐이었어. 그날의 이야기를 해줄게. 서둘러 나가려는데 발이 허전해서 내려다보니 맨발이었어. 서둘러 양말을 신고 현관문 앞에서 15분쯤 서 있었던 것 같아. 나도 모르게 "아직 집에서 나가지 못하는 사람이라 죄송해요"라는 이상한 메시지를 썼다가 지웠어. 그리고 "죄송해요. 제가 갑자기 아파서 못 나갈 것 같아요"라는 메시지를 쓰고 한참을 들여다보고 있었어.

문고리를 여는 게 두려웠어. 하지만 지하철역에서 서 있던 때를 생각하면서 용기를 냈어. 밖에는 살아 있는 사람들이 있고, 그들은 내게 관심이 없고, 나는 괜찮을 거라고 중얼거리며 문을 열었지. 당연히 아무 일도 일어나지 않았어.

그래서 파울라를 만날 수 있었어.

지극히 평범한 사람이겠거니 생각했어. 아예 어떤 외형의 사람일지 관심이 없었다는 게 맞겠다. 난 그저 번역자와 이야기를 하고 싶었던 거니까. 그때 내가 메일을 확인하고 자리에 나간 것 자체가 기적이었다고, 나중에 파울라에게 말해주었어.

인생은 왜 아무리 생각하고 대비해도 내 안에 없는 방향으로 향할까? 저스티나 앞에 서 있던 파울라는 나 말고도 이미 많은 사람의 시선을 받고 있었어. 그렇게 예쁜 얼굴을 가까이서 오래 바라본 건 처음이야. 영화 속 대사가 떠올랐어. "염병, 예쁘면 예쁘다고 미리 말을 해줘야 할 거 아냐. 사람 당황스럽게시리." 딱 그 심정이었단다. 심장이 쿵쾅거리고 얼굴이 달아오르는 게 느껴졌어.

어떻게 인사를 했는지도 모른 채 커다랗고 무거운 카페 문을 열고 들어갔어. 끼익 소리에 고개를 돌린 사람들의 시선이 파울라에게로 향했어. 왠지 부끄러워서 뒤로 숨었지. 얼굴도 더 빨개졌어. 모르겠어. 예쁜 사람들 앞에선 늘 그래. 약해지고 기가 죽고 시녀처럼 벌벌 기게 돼. 앞에 레드카펫을 깔아준 채 편히 지나가십시오, 하고 싶고. 신부 들러리처럼 뒤에 서서 드레스를 정리해주고 싶어진달까.

그날이 자세히 기억나지는 않아. 그냥 '파울라는 진짜 예쁘다. 어리고 똑똑하고 빛난다' 정도? 내 책이 좋았다고 했으니 대화가 안 통했을 리 없지. 아, 참고로 파울라는 한국말을 한국 사람만큼 잘해. 본인도 인정했는데, 영어도 체계적으로 배운 적이 없고 그냥 드라마나 유튜브를 보며 배웠대. 한국어는 드라마 〈꽃보다 남자〉를 보며 배웠다고 하길래 웃음이 났어. 그래서 내가 "요즘 유튜브에는 우스갯소리로 그때 대한민국 국민이 단체로 미쳤었나 봐요, 라는 댓글이 달리곤 해" 하고 알려줬는데 그것도 이미 알고 있었어.

    우리는 많은 이야기를 나누었어. 파울라는 언어와 책을 사랑해. 20대 초반인데도 모르는 책이 거의 없더라. 정영선의 《아름다운 슬픔》이나 클라라 M. 포크너의 《머무를 수 없었던 방들》도 알고 있었어. 나는 뭔가에 홀린 것처럼 기분이 붕 떴고, 파울라를 차에

태우고 파주출판도시로 향했어. 지혜의
숲에 가면 좋아할 거라고 확신했거든.
예상은 적중했어. 크고 무거운 문을 열고
들어서자마자 파울라의 탄성이 들렸어.

    5미터는 족히 넘어 보이는 층고의
벽면을 따라 책들이 한 치의 틈도 없이
꽂혀 있거든. 책등이 무늬처럼 겹겹이 쌓인
풍경, 조용히 앉아 책장을 넘기고 있는
사람들. 책을 좋아하는 사람이라면 누구라도
감탄할 공간이잖아. 너도 좋아했던 곳이고.
생기 넘치는 표정으로 서서 고개를 젖히는
파울라의 얼굴을 보았어. 나는 그 모습을 보고
싶었던 거야. 나도 모르게 카메라를 켰고
사진을 찍어주겠다고 했어. 우리는 어색한
표정을 사진에 담았지.

    한 바퀴를 돌아본 뒤 지혜의 숲을 나와
출판도시를 천천히 돌았어. 키가 작은

건물들이 조용히 줄지어 있었고, 그 사이로 보이는 하늘은 아주 높아 보였어. 건물에 가려질 틈이 없으니 해가 지는 것도, 물드는 것도 또렷했지. 유리창에 붉은빛이 번질 때마다 파울라는 자주 걸음을 멈췄어. 사진을 찍고, 신중하게 바라보았어. 내겐 익숙했던 풍경도 파울라의 눈에 비치면 마치 처음 보는 장소처럼 느껴졌어. 함께 석양이 지는 걸 바라보다가 문득 우리 집에 가자고 했어. "그래도 돼요?" 파울라가 눈을 동그랗게 떴지. 차로 5분 거리고 난 사람들을 초대하는 걸 좋아하잖아. 모든 흐름이 자연스러웠어.

    파울라는 내 서재를 보며 감탄했어. 신이 난 나는 마치 취한 사람처럼 내 서재의 정리법을 소개했지. 국내 도서와 외국 도서를 나눠서 꽂고, 가장 사랑하는 책들을 1열에 세워두었다는 아주 사적인 이야기들 말이야.

파울라는 고개를 끄덕이며 책등을 천천히 훑었고, 우리는 소파에 앉아 한참 이야기를 나눴어.

나중에 들은 이야기인데, 내가 "파울라는 어릴 때부터 외로웠겠다. 그쵸?"라고 한 게 기억에 남았대. 난 기억이 나지 않아서 부끄러웠어. 파울라 얼굴에 빠져 허우적대며 무슨 이야기를 하는지도 잊고 있었거든. 정신은 시야 바깥에 있었달까. 하지만 파울라는 내가 한 말을 전부 기억하고 있었어. 내 대답까지도 말이야. "우린 열두 살 차이인데도 많은 이야기가 통하잖아요. 또래랑 말이 통했을 리 없지." 기억이 나지 않아서 부끄러웠어.

아, 나도 기억나는 장면은 있었어. 우린 책뿐만 아니라 영화 이야기도 잘 통했거든. 테오 알론의 〈아직 여기 있어, 하지만 곧 아닐

거야)나(내가 그 영화만 틀면 잠이 온다고 했을
때도 알아듣고 웃더라고) 에밀리아 로스의 〈밤〉
같은 영화 장면을 인용했을 때도 그 애는 알고
있었어. 파울라가 국제외교학을 전공했는데도
번역을 하는 것을 친구들이 이해하지
못한다고 했을 때, "그냥 질투야. 이해하지
말라고 해"라고 말했어. 그 애는 이전보다
훨씬 환하게 웃었지. 공감하는 표정 같았어.
아, 내가 외모 이야기만 해서 깜빡했는데
파울라는 6개 국어를 하는 엘리트야. 그렇게
이야기를 잔뜩 나눈 후 나는 파울라를 다시
합정역으로 데려다줬어. 미쳤지? 내 체력으로
이 모든 일정을 하루 만에 해냈다는 게
말이야. 파울라는 떠났고, 나는 고요해진 집
안에 웅크린 채 한참을 앉아 있었어.

이상하고 잘못된 나

강토야, 나는 최근에 몸에 여덟 개의 작은 구멍을 냈어. 어깨, 팔꿈치, 옆구리, 골반 양쪽에 대칭으로 나란히. 흉터가 깊지 않을 거라고 했는데, 의사 말은 역시 믿을 게 못 돼. 새끼손톱만 한 흉터가 그대로 남았거든. 누군가 내 몸을 본다면 물음표를 떠올릴 거 같아. '왜 대칭으로 상처가 있지?' 아는 사람은 알겠지? 저 사람 지방흡입 했구나!

아토피 때문에 어차피 대중목욕탕을 가지 않으니까 이 흉터도 큰 상관은 없어. 중요한 건 어차피 죽을 건데 왜 이런 수술을 했냐는 거지. 아프냐고? 말도 못 해. 회복실에서 눈을 떴을 때 몇십 명한테 집단 구타당한 뒤 기절한 줄 알았다니까? 다음 날부터 일상생활이 가능하다는 의사의 말은 그냥 숨만 붙은 채로 누워 있을 수 있다는 뜻으로 해석하면 돼. 이제 다이어트의 모든 퀘스트를 깬 기분이야. 운동과 식단, 한약, 양약, 다이어트 캠프, 단식원, 쥬비스, 위밴드술, 삭센다, 위고비, 지방흡입술. 위절제술을 빼먹었네? 다행이라고 해야 하나.

 너한테 수술한 걸 털어놓는다면 반응이 어떨지 눈에 선해. 내 손등 위에 손을 탁, 올리며 '샘아, 이건 아니야' 말하겠지. 난 너의 깊고 맑은, 거짓말을 하지 못하는 눈동자를 바라볼 거고. 수치스러울 거야.

 아니야. 잘못됐어. 이상해. 하지 마.

 '이상하고 잘못된 나.' 혀에 고인 침처럼 같은 문장을 꿀꺽꿀꺽 삼키며 이제 막 비행기를 탔어. 탑승구 앞에서 30분 전부터 줄 서는 한국인들을 이해하지 못하겠다고 투덜거리던 우리였는데, 오늘은 첫 번째로 줄을 서봤어. 안 하던 거를 자꾸 해봐야 한다던 네 말이 생각났거든.

휴가철도 아닌데 이렇게 많은 사람이 스페인에 가는구나. 돈이 많은가? 일하러? 아니면 다들 그러는데 나만 몰랐나? 이왕 이렇게 된 거 퍼스트나 비즈니스 좌석을 예약할걸. 근데 돈도 써본 놈이 쓰는 거잖아? 언제 그런 사치를 부릴 수 있을까, 바르셀로나에 도착하면 할 수 있을까?

옆자리엔 아빠와 어린 딸이 탔어. 아홉 살쯤 되었을까? '시끄럽지 않았어?' 걱정할 네 모습이 선해. 하지만 착한 아이였어. 아빠가 틀어준 만화를 보거나 스케치북에 색연필로 조용히 그림을 그렸어. 말할 땐 아빠 귀에 대고 소곤소곤. "참 착하다." 내 입으로 말하면서도 부러웠어. 아이들은 그저 자리에 앉아 조용히 있기만 해도 칭찬받잖아? 그게 부럽더라. 네가 했던 말도 생각났어. 그렇게 예민한 네가 나에게 "그래도 샘 같은 아이라면 괜찮을 거 같아" 했던 말.

너는 알고 있지만, 난 태어날 때부터 예쁨과는 거리가 먼 삶을 살았잖아. 심한 아토피 때문에 온몸이 벌건 원숭이 같았지. 몸에서 멀쩡한 부분을 찾기 힘들 정도였어. 강토 네가 언제 처음 죽고 싶었냐고 물었을 때, 엄마랑 했던 대화가 떠올랐어. 여섯 살이었나, 일곱 살이었나? 너무 가려워서 잠을 자지 못했던 나는 엄마한테 울면서 매일 말했대. "너무 힘들어요. 이렇게 살고 싶지 않아요." 그게 죽고 싶다는 말은 아니었겠지. 하지만 분명 죽고 싶은 마음이었으리라 생각해.

언니는 늘 예뻤던 거 알지? 언니의 친구들도 내 친구들도 늘 언니를 부러워하고 동경했어. 학창 시절에 네가 이솜 동생이냐고 찾아오는 남학생도 많았지. 용기 없는 남자애들이 나한테 사탕이나 빼빼로를 부탁하던 날이면 마음에 가시가 잔뜩 돋았어. 너한테만 말할게. 그 선물들을 쓰레기통에 버린 적도 있어. 사실 많아. 못됐지?

내 첫 단짝은 담이였거든? 유치원 때부터 집이 가까웠고 함께 노는 게 좋았을 뿐인데. 담이도 우리 반에서 가장 예쁜 애였어. 모르겠어. 왜 그런 식으로 흘러갔는지. 내가 늘 나쁜 기억만 선택하는 걸까? 아이들은 순수한 만큼 무례해서 내 별명은 괴물, 담이는 공주였어. 그 애가 예쁜 게 잘못은 아니니까 더 혼란스럽고 화가 났어. 웃긴 건 언니를, 담이를 질투하면서도 나도 예쁜 게 좋았다는 거야. 예쁜 걸 보면 사람이며 물건이며 장소며 가릴 것 없이 가슴이 두근댔어. 내게 예쁨은 부러움이었고, 욕망이었고, 절망이자 내가 절대 닿을 수 없는 세계 같았어. 그리고 유전과 환경은 어쩔 수 없나 봐. 엄마도 예쁜 걸 좋아했거든. 그래서 언니를 더 사랑했고 나를 예쁘게 만들기 위해 혼신의 힘을 다하곤 했어. 살이 찌지 않는 체질인 엄마는 늘 통통한 나를 보며 의구심을 품었어. "왜 자꾸 살이 찌지? 똑같은 양을 먹는데." 틈만 나면 44사이즈인 자기 옷을 내게 입혔어. 꽉 끼는 팔뚝, 튀어나온 뱃살, 틈이 벌어지지 않는 허벅지와 터질 듯한 엉덩이. 씨발. 거울 앞에 날 세워두곤 "예쁘지 않다"고 말했어. 여자는 살이 찌면 안 돼. 날씬해야 해. 처음엔 그 말이 수치스러웠고 나중엔 나 스스로 외는 주문이 됐어. 거울 속 나를 뜯어보며 말했지. 예쁘지 않다. 이 모습은 예쁘지 않다. 나는 예쁘지 않다.

사람들을 고작 두 가지 기준으로 분류한 거야.

예쁘다, 예쁘지 않다. 그럼 넌 묻겠지.

'예쁘다는 기준이 뭔데?'

그 기준은 매번 달라지지만, 현재는 파울라야.

하얀 피부에 맑은 눈동자, 새까맣고 긴 속눈썹, 적당히 얇고 높은 코에 맞는 조화로운 입술. 작은 얼굴과 또렷한 턱선. 쇄골이 드러나는 어깨, 길고 마른 팔다리, 잘록한 허리와 대비되는 골반과 엉덩이. 파울라는 엄마가 늘 말하던 예쁘다의 기준을 그대로 옮겨 형태로 빚어둔 거 같았어.

그리고 난 외적으로도 내적으로도,

심지어 지적으로도 완벽한 파울라를 만나러 이 비행기를 탔어. 난 늘 어떤 모양이든 예쁜 것을 따라가야 마음이 놓이곤 하거든. 물론 나 이샘은, 강토 네가 늘 말했던 맑은 샘이 아니라 이상한 샘만 잔뜩 불어난 채로 꽉 찬 어른이 되어 이 좌석에 앉아 있어.

너 말고 다른 누군가가 내 맘을 이해할 수 있을까?

이제 기내식이 나온대. 이어서 쓸게.

익숙한 몸과 낯선 도시로

미안. 기내식 먹고 뻗어버렸어. (맛없었음) 욕심내지 않으려고 얇은 책 한 권만 가져왔는데, 좀 읽다가 덮었어. 주인공 이야기가 나랑 비슷했거든. 떠나는 것도, 비행기 안에서 휴대폰도 책도 보지 않는 것도. 뭔가를 버리고 잊으려는 것도. 완전히 다른 사람이나 이방인이 되고 싶던 것도. 괜한 반항심에 꺼놓았던 휴대폰을 다시 켰어. 물론 비행기 모드였지만. 미리 다운 받아놓은 영상이 뭐게? 요즘 핫한 유튜버들의 저격과 싸움 영상들이야. 서로를 물어뜯고 폭로하고 온라인에서 나락을 보내고 있었지. 왜 이딴 걸 보고 있는지는 모르겠어. 그냥 보고 있으면 이

사람들 참 생생하다, 체력도 좋다는 생각이
들어. 문득 이걸 보는 내 모습이 너무 천박해
보일까 봐 휴대폰을 덮어놓고 듣기만 했어.

    바르셀로나 공항에 도착하자 겁이 났어.
알다시피 난 영어를 못하잖아. 같은 비행기를
탔던 사람들을 열심히 쫓아가서 짐을 찾고
심사장에 줄을 섰어. 직원이 "헤이 레이디,
식스" 하고 말했고 나는 6번 줄 앞에 섰어.
여권을 내밀자 3초 만에 도장이 쾅. 원래
이렇게 심사가 빠른 거야? 난 어눌한 말투로
그라시아스, 하고 빠져나왔지. 그런데 공항
유리창에 비치는 원피스 입은 내 모습이 너무
임신부 같아서 견딜 수가 없었어. 커다란
캐리어를 끌고 저 멀리 있는 화장실로 가서
기어이 옷을 갈아입었어. 내가 생각하기에
가장 날씬해 보이는 옷으로 말이야. 땀을

뻘뻘 흘리며 입국장을 나오는데, 인파 속에서 한눈에 파울라가 보였어. 지극히 당연한 일이야. 그 애는 한국에서만 빛나는 사람이 아니니까. 어딜 가든 주목받는 얼굴. 어디서든 사랑받는 얼굴. 우리 엄마, 언니, 담이 그리고 내가 만났던 수많은 사람 중 하나처럼. 그 순간, 이 몸으로 여기까지 왔다는 사실이 확 몰려들었어.

    우리는 달려가서 포옹했어. 보지 못했던 몇 달의 시간 동안 파울라의 머리는 연한 초콜릿 색으로 어두워졌고 앞머리는 조금 짧아졌으며 어깨를 조금 넘는 굵은 웨이브가 파도처럼 넘실거렸어. 한국에서도 늘 생각했지만, 여름과 정말 잘 어울리는 아이야. 중학생 때 '파파'가 사줬다던 금 목걸이도, 쇄골 밑 두 개의 연한 점도 그대로였어.

    "언니, 보고 싶었어." 지중해의 햇살을

보여주겠다던, 생기 넘치고 아기 같은
목소리도 똑같았지. 나도 똑같이 대답했어.
하지만 그 말보다는 왜 이렇게 살이 빠졌냐는
말이 듣고 싶었어. 여길 오기 위해 지방
흡입까지 했는데, 꽤 많이 뺐다고 생각했는데,
여전히 161센티미터에 75킬로그램. 공항을
빠져나오자마자 달려오는 우버에 치이고
싶었지만, 부드럽게 멈춘 우버 트렁크에
캐리어를 싣고 아무렇지도 않은 척 택시에
올랐어. 파울라네 집에 묵기로 했거든.
택시는 바르셀로나 시내로 들어섰고, 곧 집
앞에 도착했어. 내리자마자 예쁜 연분홍색
맨션이 보였고 유럽 특유의 야외 테라스가
인상적이었어. 엘리베이터를 타고 집으로
들어서자 파울라의 아버지와 동생이 날
반겼지. "올라!" 스페인 사람들은 유쾌해.
난 그렇게 느껴. 그 순간조차 '예쁘다'라는

말을 듣고 싶었던 내가 너무 싫었어. 예전엔 들었던 적이 좀 있거든. (정상 체중이었을 때 말이야.) 허나 지금은 75킬로그램 주제에 그런 소리를 들을 수 있을 리가 없잖아. '정신 차려. 그리고 칭찬을 믿지도 않을 거잖아.' 나 자신에게 속삭였지. 어쨌든 난 파주에 처박혀 있을 때나 열네 시간 걸려 스페인으로 날아온 여기에서나 오로지 내 생각뿐이야. 아무것도 보이지 않고 들리지 않고 이상한 나와 혼자 서 있어.

파울라가 내가 쓸 자신의 방을 소개해줬어. 문을 열면 짧은 복도 왼편에 화장실이 있고, 정면에 또 다른 문이 하나 더 있어. 그 문을 열면 진짜 방이 나와. 보자마자 마음에 들었어. 방 안이 정말 예뻤거든. 작은 꽃무늬가 콕콕 박힌 분홍색 이불과 짙은

핑크빛 블라인드, 검고 커다란 나무 책상. 협탁 위엔 핫 핑크색 보석함과 하얀 조명, 예쁜 노트, 그리고 나를 위해 준비한 빨간 장미. 예쁜 것들이 전부 모여 있었지. 감동과 죄책감이 동시에 날 휘감았어. '너는 왜 네 생각뿐이야?'

 침대에 눕는 순간 직감했어. 아……. 이 침대에서 빠져나오기 힘들겠다. 소리도 예고도 없이 무기력이 몰려오고 있었어. 그냥 베개 속으로 스며들었지. 마치 순간 이동한 기분이었어. 방금까지 파주에 있었던 몸이 이제는 바르셀로나의 낯선 방에 던져져 있고, 달라진 건 아무것도 없었거든. 내가 나인 채로는 어디를 가도 그대로일 거라는 생각이 이불처럼 나를 덮었어.

 계속 신세 질 생각은 없었어. 파울라한테는 며칠 후 다른 숙소를 잡겠다고 했지. 파울라는 단호하게 반대했어. "스페인에서는 친구에게 집을 내어주는 게 당연해!"라고 말했지. 하지만 자신의 방과 화장실까지 내어주고 거실에서 지내는 게 쉬운 일이 아니라는 걸 누구보다 잘 알기에 고마웠어. 문제는 전혀 다른 부분에서 일어났는데……

파울라가 너무 부지런했다는 거야. 그 애는 휴일에도 7시에 일어나고, 매일 여섯 시간 이상 공부나 일을 하지 않으면 죄책감이 든다고 했어. 그 애가 자는 나를 깨우지는 않았지만, 나는 9시까지는 일어나야 할 것 같았어. 눈치를 보느라 알람 없이도 눈이 떠졌거든. 조용히 파울라를 부르면 그 애는 발랄하게 뛰어오며 "언니, 다 잤어?" 묻고 "응" 대답하면 "그럼 준비하고 나가자!"라고 해서 나를 매번 당황시켰지.

일어나자마자 바로 나가자고……? 내가 얼마나 게으른지 파울라는 몰랐고, 파울라가 얼마나 부지런한지 나는 몰랐던 거지. 하지만 '스페인까지 왔는데'라는 말은 자꾸 내 발목을 잡았고, 마침 파울라가 사흘을 쉴 수 있었기에 우린 근처 해변으로 놀러 가기로 했어. '다녀오면 기분이 나아질 거야.' 스스로를 설득하듯 되뇌었어. 몸을 일으킬 때마다 그 말을 중얼거렸고, 입고 싶은 옷이 떠오르지 않을 때도 그 말을 붙잡았지. 다른 장소, 다른 공기, 다른 언어. 그 모든 것들이 나를 어딘가로 끌어내줄 거라고 믿고 싶었어.

해변

해변은 정말 예뻤어. 해 질 무렵의 햇빛이 바다 위에 고여 있었고, 모래는 부드럽고

반짝였지. 사진으로만 보면 그곳에 있던 나는 꽤 멀쩡해 보여. 하지만 계속 내 몸이, 내 표정이, 내 걸음걸이가 어딘가 모자란 것처럼 느껴졌어. 하얀 비키니를 입은 파울라는 예뻤고, 가볍고, 물에 젖은 머리칼을 아무렇지 않게 넘기며 해변을 걸었지. 나는 사진을 찍어주고, 또 함께 찍다가 문득 화면 속 내 모습이 너무 뚱뚱하고, 생기 없는 사람처럼 보여서 모래 위에 쭈그려 앉아 커다란 수건으로 내 몸을 가렸어. 그리고 바닷물에서 발 장난을 치는 그 애의 모습을 보는데 문득 파울라가 너무 멀게 느껴졌어.

나는 그 애에게 '지금 내 마음이 얼마나 불편한지' 절대 말할 수 없다는 걸 알았거든. 말하는 순간 모든 게 무너질 것 같았어.

해변 근처 카페에 들렀고, 음료를 마시며

가만히 앉아 있었어. 파울라는 웃고 있었고, 햇빛이 그 애의 얼굴 위로 겹쳤어. 나는 말없이 빨대를 문 채 유리컵 안의 얼음만 계속 굴리고 있었고. 그 순간 파울라가 조용히 물었어. "언니, 기분 어때?" 나는 겨우 고개를 끄덕이며 "응, 좋아"라고 대답했어. 내 기분을 들키고 싶은 마음과 들키고 싶지 않은 마음이 공존했어.

언니 이야기를 해줘

미안. 편지가 조금 늦었지? 동생과 통화하면서 생각을 바로잡고 있어. 좀 슬프기도 해. 동생에게 파울라 이야기를 쏟아냈거든. 그 애가 얼마나 예쁘고 똑똑한지, 나이에 비해 얼마나 대단한지. 그리고 파울라에 대한 소설도 쓰고 싶다고 말했지.

당연히 나는 조연이고, 파울라가 주인공이야.

동생은 잠시 듣더니 이렇게 말했어.

"파울라 말고 언니 이야기를 해줘."

내가 당황하자 동생은 차갑게 대답했어.

"솔직히 조금 불쾌해."

"어······?"

"언니는 누군가에게 빠지면 상대를 너무 이상화해. 나는 그 아이를 모르고, 그렇게 대단하게 느껴지지 않아. 물론 나도 누군가에게 그렇게 빠져들 수 있겠지. 하지만 그 아이와 대비해서 언니가 가치 없는 것처럼 말하는 게 불쾌해. 그럼 언니를 사랑하고 아끼고 예쁘다고 생각하는 나는 뭐가 되는 거야? 별 볼일 없는 사람을 사랑하는 사람?"

말문이 막혔어. 이 마음을 어떻게 진정시켜야 할지 모르겠어. 중요한 건 지금 해변을 즐길 기분이 전혀 아니라는 거야.

무기력이 몰려오는 걸 느꼈고, 흐릿한 의식으로 침대에 누워 있어. 이불 안에서 나를 점점 잃어가는 느낌이 들더라. 파울라는 내 상태를 눈치챘는지 살금살금 걸었고, 컵을 내려놓을 때조차 소리를 줄였어. 그 배려가 고마우면서도 나를 무너뜨렸지.

    반짝거리는 해변에서 더 놀고 싶었을 텐데. 햇살을 받으며 와인을 마시고 싶었을 텐데.

    하지만 어제까지 예쁘다고 생각했던 옷이 싫어졌어. 파울라 앞에서 걸었던 걸음걸이, 무의식적으로 배를 집어넣거나 커다란 수건으로 몸을 가린 채 사진을 찍었던 게 떠올랐어. 수치심을 깨닫는 것만으로도 시간이 금세 지나갔어. 침대에 완전히 잠겼을 때 '그냥 이렇게 살아도 될까?' 생각했어. 침대가 나를 이해해주는 유일한 공간

같았거든.

 이기적이지? 나도 알아. 미안해. 오늘은 이만 줄일게.

자기혐오와 유서

파울라는 내 무기력을 이해해줬고 난 사흘간 밖으로 나가지 못했어. 매일 집착하듯이 실내에서든 실외에서든 거울만 보느라 거울이 너무 싫어졌어. 그치. 자기 자신을 싫어하는 것만큼 불행한 건 없지. 그런데 진짜로 내가 나를 싫어하는 걸까? 아니면 지금 이 상태를 싫어하는 걸까? 아니다. 어리고 말랐을 때도 난 늘 불만투성이었어. 팔뚝이 두꺼워. 골반이 없어. 허벅지가 두꺼워. 어깨 라인이 예쁘지 않고 거북목이야. 허리가 길고 다리가 짧아 등등. 지금은 그 몸으로 돌아갈 수 있다고 하면 108배라도 할 텐데. 생각해보면 단 한 순간도 나에게 만족했던 적이 없는 거야.

바르셀로나에는 비가 잘 오지 않는다는데, 지금은 비가 와. 블라인드 끝부분이 철로 되어 있어서 바람이 불 때마다 창틀에 부딪히는 탓에 창문을 열 수가 없어. 빗소리를 듣고 싶은데. 그래서 아주 우울했어.

강토.

난 결국 나를 이길 수 없을 거 같아.

그래서 유서를 썼어.

별거 아닌 것들이 늘 별일이라
타고난 걸 부러워만 하다가 갑니다.
미안해요.

참 우습다.

다시 종이를 들여다보는데, 문득 부기

생각이 났어.

 부기는 내가 이러고 있는 걸 모르지. 내가 사라지면 그 애는 기다릴 거야. 언제나처럼 문을 향해 앉아서 눈을 껌벅이며.

 그 상상이 종이를 찢어발겨버리고 싶은 충동으로 이어졌지.

❖

웃을 수 있는 순간들

 사흘 내내 침대에만 있다가 머리가 너무 아파서 파울라와 함께 약국으로 향했어. 바르셀로나에는 약국이 정말 많다는 거 알아? 우리나라의 다이소나 올리브영처럼 많아.
 뭐든 약으로 해결하려는 나를 보며 파울라는 단호하게 말했어. "언니, 약을 너무 많이 먹어. 그건 좋지 않아." 그래도 난 두통약과 함께 스페인 사람인 파울라는 정작 모르는, 한국인들이 추천하는 피로 회복제를 샀어. 그런데 앞에 있는 동양인 커플 중 남자가 너무 잘생긴 거야. 파울라도 느꼈는지 "진짜 잘생겼어"라고 말했어. 아, 여기서 또 느낀 거. 스물둘의 파울라는 거리를 지나다니며 "언니, 저 남자 진짜 잘생겼어!" 같은 말을 많이 해. 나도 어렸을 때 그랬던 거 같긴 한데 뭔가 희미하거든? 난 '잘생긴 사람 찾기' 놀이를 정말 오랜만에 한 거야. 신이 났지. 그 커플은 20대 초반 정도로 어려 보였고, 어색한 영어로 콘돔을 사려고 애쓰고 있었어. 우린 계산을 마치고 나왔지.

    문을 열고 나오자마자 내가 "일본인 같지?"라고 물었고 파울라가 눈을 동그랗게 뜨며 "엥? 멕시코나 파키스탄 쪽 아니야?"라고 말했어. 난 3초 정도 이게 무슨 소리인지 생각하다가 빵 터지고 말았지. "너 대체 누굴 말하는 거야?" "약사 말하는 거 아니었어?" 우리는 바르셀로나 거리 한가운데에서 박장대소를 했어. 웃으면 역시 힘이 나나 봐. 전혀 다른 사람을 보면서 같은 생각을 하고 있던 게 재밌어서, 나는 우리가 또래 친구였고 같은 동네에 살았다면 취향 때문에 문제 생길 일은 없겠다며 웃었어.

　내가 자꾸 여기서 만약에, 우리가 언제쯤, 이런 말을 내뱉는 게 웃기긴 해. 왜냐하면 난 반쯤은 죽어 있는 상태잖아. 애인은 내게 7년 만에 처음으로 이제 너를 사랑하지 않는다고 말했고, 나는 바람을 피운 주제에 그 말에 거창한 상처를 받았지. 내 안에 단단히 믿고 있던 섬 하나가 붕괴된 기분. 진짜 웃기고 비겁하지? 나를 사랑해주는 사람일수록 애정을 확인하듯 독한 말을 내뱉는 주제에 상대가 내게 하는 독설은 견디지 못해. 언젠가 본 영상에서 누가 그런 말을 하더라? 마음에 블랙홀이 있는 여자를 피해야 한다고. 그들은 그 어떤 것에도 만족할 수 없다고. 난 그게 바로 나라는 걸 대번에 알아차렸고 바꿀 수 없다는 것도 알아챘어. 마치 파울라가 절대 사랑을 하지 않겠다는 말에 "파울라 아냐, 넌 아직 어려" 대답하자 선명한 얼굴로 "난 나를 아프게 하는 것들을 자주 포기해. 언니. 사랑도 그래"라고 말했던 것처럼 말이야.

번역을 거쳐서 매끄러워진 말들은 가끔 너무 슬퍼. 파울라는 늘 정확한 언어를 사용해서 글처럼 말해. 얼마 전에는 이런 말을 했어. 자신은 외로움을 정확히 느끼지만 아무도 채워줄 수 없다는 것 역시 정확히 느낀다고. 뻔한 말이지만 더 가슴을 찌르는 느낌이었어. 그런데 난…… 여전히 〈헤드윅〉의 〈오리진 인 럽〉을 들으면 가슴이 시려. 예전엔 나와 떨어져 어딘가를 헤매고 있을 반쪽을 찾아대며 살았지. 지금은 아니야.

파울라는 내게 로맨틱하다고 했어. 로맨틱. 낭만. 맞아, 나는 현실과 낭만 사이를 애매하게 둥둥 떠다녀서 힘든 사람이지. 뭐든

확실한 게 편하잖아. 나는 낭만 낭만 낭만.
하지만 현실 현실 현실. 영화 〈비틀주스〉 속
대사가 이럴 때마다 떠올라. "초보 사망자
안내서에는 이런 말이 나와요. 산 사람은
낯설고 이상한 걸 보지 못한대요. 하지만 나는
낯설고 이상한 것 그 자체예요." 나도 가끔
그렇다고 느껴. 자기 연민을 하도 극혐하는
사람들 덕분에(나 역시 마찬가지) 이런 생각을
대부분 숨길 수 있게 되었고, 실제로 내가
얼마나 아무것도 아닌 사람인지 계속 게임
퀘스트를 깨듯이 알게 되고 있으니까.

    약을 먹고 와인을 두 병이나 사서
돌아왔어. 와인도 못 따는 내게 파울라는
말했어. "어휴 우리 언니, 서른다섯인데
와인도 못 따는 우리 언니." 그리고 기어이 한
병을 더 마시고 자겠다는 내게 "언니 착착 좀
처먹어!" 하고 자러 갔어. 절제력이 엄청난

아이야. 무서워. 근데 맞아.

나는 서른다섯이지.
와인도 못 따는 서른다섯.
요리도 못 하는 서른다섯.
영어도 한마디 못 하는 서른다섯.
절제와 거리가 먼 서른다섯.
고도비만이 되어버린 서른다섯.
늙어버린 서른다섯.
(미안. 에이지즘 어쩌고 했으면서 요즘 나이에 더 집착해. 요절도 틀렸다고 생각하니 더 슬퍼.)

외로움과 열두 살의 차이

 파울라는 내 마음을 이해할까? 난 우리 둘의 상황이 180도 다르다고 생각하거든. 걔는 젊고 예쁘고 마르고 몸매도 좋고 똑똑하잖아. 자기 비하 너무 지겹지? 유서에서라도 마음껏 하게 해주라. 이제 밖에서는 할 수도 없을뿐더러(다들 지겨워하니까) 혼잣말할 공간도 없으니까.

 우리는 쇼핑센터에 가기 위해 지하철을 타고 역사를 빠져나와 출구 계단을 올랐어. 횡단보도에서 신호를 기다리는데, 옆쪽에서 어떤 남자가 머뭇머뭇거리는 게 느껴졌지. 난 단번에 그 남자가 파울라의 번호를 묻고 싶어 한다는 걸 인지했어. 약간 뒷걸음질해서 남자애가 파울라에게 편하게 다가갈 수 있도록 도왔지(하필 하수구 위였어). 둘은 웃으며 대화를 나누더니 인스타그램 아이디를 교환했어. 훈훈한 남녀의 모습을 보며 내 마음은 무너져 하수구 밑으로 줄줄 흘러내리는 거 같았지. 부러워서. 그 남자는 민망했던지 내게 다가와 "올라!" 하며 갑자기 악수를 청했어. 나도 얼떨결에 악수를 하고 그 남자는 떠났지. 난 파울라한테 말했어. "뭐야, 왜 나한테 악수해?" "몰라!" 함께 웃었어.

    파울라 기분이 좋아 보였어. 내 아름다움을 누군가 알아보고 사랑한다는 건 내겐 목숨과도 같은 일이라 더 부러웠지. 하지만 지금 내 모습을 사랑해줄 사람은 없어. 누군가 있다고 해도 내가 그 사람을 사랑할 수 없고 아무도 만날 수 없어. 자신이 없거든. 운동도 없이 지방을 빼버렸으니 팔뚝 살도

등살도 다 늘어져버렸어. 네가 보면 놀랄걸. 내 나이와 탄력을 생각하지 못했던 거야. 시간을 되돌린다면 지방흡입을 선택하지 않을 거 같지만…… 또 모르지. 나는 점점 더 높은 단계로 가게 될 수도. 이를테면 처진 살을 수술로 모조리 잘라낸다든가…….

 사실 나는 나를 점점 잘라내고 있는 것 같네.
 스스로 구기고 구기다가 더는 접히지 않는 단단한 종이처럼.
 잘리지도 찢어지지도 않게 단단하게 접힌.

 그 상태로 식당에 들어갔어. 내가 뭘 시켰는지도 기억이 나질 않았지. 음식이 나오고 멍 때리고 있는 내게 파울라는 물었어.
 "언니, 괜찮아?"

난 왜 열두 살이나 어린 친구 앞에서 감정을 추스르며 "아니, 괜찮아!"라고 말할 수 없는 사람일까? 알록달록 화려한 스페인 음식 앞에서 난 대성통곡을 했어. 벽에 머리를 조금 찧기도 했어. 쪽팔려. 사실 네가 질투 나서 너무 힘들다고 말이야. 너를 질투하는 내가 미치도록 싫어서 죽고 싶다고. 너와 함께 있는 게 정말 행복하지만 동시에 너무 슬프다고 말이야.

파울라는 놀라지 않았어. 내 책을 번역한 사람이잖아. 파울라는 말했지.

"언니, 이해해. 도와줄 수 없어서 마음이 아파. 하지만 내게 보이는 언니의 모습을 보여주고 싶어. 언니는 예쁘고 똑똑하고 대단한 사람이야."

진심이란 걸 알 수 있었어. 그리고 진심이 아니라고 해도 상관없었지. 어차피 난 평생을

칭찬은 절대 믿지 않고 지적은 종교처럼 믿고 산 사람이잖아.

비 오는 날의 호텔

가우디 투어 장소에서 걸어서 5분 떨어진 호텔을 예약했어. 진짜 비쌌지만 뭔 상관이야. 대충 짐을 싼 뒤 "내일 봐, 파울라!" 씩씩하게 말하고 밖으로 나왔어. 버스를 타고 정류장에 무사히 도착하긴 했는데, 밖을 보니 비가 내리는 거야. '파울라! 바셀은 비가 잘 안 온다며!' 사람들은 태연하게 우산을 꺼내며 내리더라고. 나만 바보가 된 거 같았어. 물론 바셀 사람들은 너무 친절했어. 나를 조용히 쳐다보다가 우산을 씌워주려는 사람도 있었거든. 내가 고맙다며 거절하긴 했지만 말이야.

구글 맵을 보면서 10분 정도 걷다가

비를 쫄딱 맞은 채 호텔에 도착했어. 로비는
조그맣고 깔끔했어. 빨간 카펫이 깔려 있었고
커다란 꽃이 그려진 액자가 왼쪽 벽에 걸려
있었지. 정면에서 나를 맞이한 프런트 직원이
푹 젖은 내 꼴을 보고 놀란 것 같았지만 신경
쓸 여력도 없었어. "체크인 플리즈." 말하고
여권과 예약 메일을 내밀자 직원은 모니터를
확인하더니 영어로 길게 말을 하기 시작했어.
가뜩이나 영어를 못해서 기죽은, 비 맞은
생쥐 꼴의 작은 동양인 여자인 나. 대충 지금
체크인할 수 없다, 택시 어쩌고 하는 소리만
귀에 메아리처럼 울렸지. 난 또 내가 예약을
잘못했구나. 내가 원래 그렇지 뭐, 그냥
죽어야지 생각하며 한참을 우뚝 서 있었어.
그런데 손등에 뭔가 툭 떨어지는 거야. 뭐야?
하고 만져보니 물……? 눈물? 당황한 나는
급히 고개를 돌렸지만 이미 눈물은 걷잡을 수

없이 터져 줄줄 흐르고 있었어.

　급히 직원에게 잠깐만 기다려달라고 말한 뒤 카운터 왼쪽 무지개 색 소파에 주저앉아 펑펑 울었어. 직원도 당황했지. 지금 상황에서 내게 다가오기 어려워 보였어. 나는 몇 분간, 하지만 최대한 빨리 정신을 차리고 소파에서 일어났어. 뒤를 돌아보니 소파는 내가 앉은 모양 그대로 흠뻑 젖어 있었어. 2인용 소파라 그런지 축축한 한쪽 자리가 더 선명하게 보이더라. 적나라하게 불쾌한 흔적을 남긴 것 같아 부끄러웠어. 도망치듯 나가려는데 직원이 급히 나를 붙잡고 자신의 휴대폰을 내밀었어. 번역기를 띄운 화면에는 '가지 마세요. 현재 고객님의 객실에 문제가 생겨서 체크인이 불가능합니다'라고 적혀 있었어. 심지어 가까운 4성급(내가 예약한 호텔은 3성급이었어) 호텔로 모시고 택시비도 드리겠다고 써 있었지. 당황한 내가 "오케이, 땡큐, 택시 플리즈"를 내뱉자 직원은 카운터 위에 있던 작은 바구니 속 사탕을 하나 꺼내 내밀며 어색하게 웃었어. 사탕을 받아 들며 조금 짙어진 무지개 색 소파를 한참 바라보았지.

택시는 금세 도착했고 직원에게 고맙다고 말한 뒤 호텔 밖을 나왔어. 아직 비가 그치지 않았더라고?

너무 지쳐서 한숨을 쉬는데 택시가 도착했어. 내가 걸음을 떼려고 하자 기사님이 우산을 들고 내리며 노노노를 외쳤어. 덕분에 난 비를 한 방울도 맞지 않은 채 짐을 싣고 뒷좌석에 탈 수 있었지. 다시 한번 말하지만, 바르셀로나 사람들은 친절해.

그렇게 새 호텔에 도착했어. 3분도 걸리지

않았던 것 같아. 기사님은 입구까지 나를 데려다줬고, 난 또 기어들어가는 목소리로 "그라시아스……"라고 했지. 그는 웃으며 "좋은 하루 보내"라고 말했어.

좋은 하루라니. 여기서 그런 말을 들을 줄은 몰랐어.

호텔은 생각보다 더 좋았어. 일단 로비가 아주 넓었고 중앙에 레스토랑 겸 바가 있었거든. 카운터는 왼쪽이었고 체크인은 순조로웠어. 레스토랑과 화려한 샹들리에를 구경하며 객실로 들어가자 긴장이 풀렸지. 나도 모르게 엉엉 울고 있었어.

강토. 난 아마 이방인이 될 수 없나 봐. 너를 두고 온 게 후회돼.

그리고…… 상상을 했어. 난 자살은 무조건 투신을 생각해왔는데, 이렇게 아름다운

건물과 저렇게 무해하고 친절한 사람들한테 피해를 줄 수는 없잖아. 마음을 바꿔서 목을 매거나 물에 빠진다고 해도 시체 처리가 어려울 거야. 시체를 못 찾을 수도 있고. 마지막까지 외로운 건 싫어. 그래서 역시 한국에 가서 몇 개 봐둔 폐건물로 가야지, 생각했어. 발견한 사람에게는 미안한 일이지만 그래도 이게 최선 아닐까?

❖

가우디, 그리고 파울라의 뒷모습

내가 왜 돌아가는 날 가우디 투어를 했는 줄 알아? 나는 나를 잘 모르는 만큼 아주 잘 알거든. 한국에 돌아가면 사람들은 스페인 이야기를 할 거고, 가우디 투어를 하지 않은 나를 아쉬워할 거야. "스페인까지 가서 가우디 투어를 안 하면 어떡해!" 나는 그제야 후회하겠지. 왜 안 했을까. 사람들이 하라는 데에는 다 이유가 있을 텐데. 그 잔소리에 스트레스를 받을 거고 투어 하지 않은 나 자신에게 또 스트레스를 받겠지. 그래서 마지막 날 가우디 투어를 예약했어. 한국으로 돌아갈지 안 돌아갈지도 모르면서.

그런데 투어는 내 예상을 벗어났어.

진심으로 좋았거든. 내 정신이 다시 깨어나서일까?

가이드가 말했지. "까사 바트요는 가우디가 바다를 상상하며 만든 집이에요. 이곳에 직선은 거의 없습니다. 문도, 창도, 계단 손잡이도 모두 곡선입니다."

진짜였어. 벽면은 파도 같았고, 천장은 물결치는 듯했어. 바닥에는 투명한 햇살이 떠다니는 것 같았고, 창문 사이로 들어온 색색의 빛이 내가 지금 여기 있다는 걸 더 또렷하게 느끼게 했어. 가우디는 곡선을 좋아했대. 나는 그 곡선들 사이에서 직선처럼 삐걱거리며 걸었어. 그 집이 너무 감각적이고 아름다워서 마음이 벅차더라. 내가 아름다움을 느낄 수 있는 상태라는 게, 또 그걸 놓치지 않았다는 게 기뻤어.

투어 마지막 장소였던 사그라다 파밀리아 성당에 대한 가이드의 설명도 인상적이었어. 사그라다 성당의 웅장한 겉면에 비해 내부는 들어가면 다소 허전하다고 느낄 수 있다고. 하지만 그 성당 안에는 가우디가 설계한 기술로 인해 다양한 빛으로 가득 차 있다고. 아무것도 없는 것 같지만 환한 빛이 가득 차 있다고. 그 말이 좋았어.

아무것도 없어 보이지만 환한 빛이 가득하다.
뭐 있어 보이는데 열어보면 새카만 물이 줄줄 흐르는 것보다는 낫잖아.

투어가 끝난 뒤 잔뜩 들뜬 상태로 카페에 앉아 파울라를 기다렸어. 파울라가 도착해서 맞은편에 앉자마자 나는 신나게 떠들기 시작했어. 가우디가 얼마나 위대한지에 대해 말이야. 사실 감동했거든. 어떻게 이런 건축물이 있지? 저렇게 디테일할 수 있지? 그의 위대함에 비해 죽음은 너무 허무했어. 전차에 치였는데, 다들 노숙자로 여기며 빈민들이 치료받는 무상 병원에 놔두고 가버렸대.

　가우디가 정신을 차리고 그의 정체를 알게 된 사람들은 그를 다른 병원으로 옮기려고 했지만,

　가우디는 이렇게 말했대.
　"옷차림만 보고 판단하는 이들에게 이 거지 같은 가우디가 이런 곳에서 죽는다는 걸 보여줘라. 난 가난한 사람들 곁에 있다가 죽는 게 낫다"고.

그의 말년은 그렇게 끝났어.

그 이야기를 가이드에게 들으며 내 마음이 찢어지는 거 같았어. 아! 내 목숨이라도 떼어다가 주었어야 했는데! 그래서 파울라한테 가우디는 나처럼 삶에 큰 욕심이 없는 사람들의 목숨을 1년씩 나눠서라도 영원히 살았어야 했다고, 아니면 자기가 살고 싶은 만큼은 살았어야 했다고 떠들어댔지. 파울라는 한숨을 쉬며 말했어. "언니, 내가 가우디 투어 꼭 하라고 했잖아. 그리고 까사 바트요는 내가 첫날부터 보여줬잖아……."

"뭐라고?"

난 전혀 기억하지 못했어. 아마 흑백처럼 보였겠지. 해골로만 보였거나. 그 아름다움을 알아볼 수 있는 상태가 아니었으니까. 난 너무 무기력하고 뚱뚱하단 생각에만 사로잡혀 있었으니까.

지금은 내 마음을 말해주는 것처럼, 비약하자면 운명처럼 느껴지는데 말이야. 똑바르지 못한 선, 계속 돌아 나가는 구조, 한 번 꺾이고 다시 부드럽게 이어지는 곡면들. 나도 이 집처럼 생긴 건 아닐까 생각했어. 돌고 꺾이고 가끔 빛을 받으면서 결국 살아 있잖아.

어쨌든 상태가 좋아진 후 본 까사 바트요와 까사 밀라, 성당은 정말 완공 후까지 살아 있다면 다시 와보고 싶을 정도로 엄청났어. 아, 말실수했다. 그때까지 살아 있을 리 없는데.

파울라가 공항까지 함께 와줬어.
파울라는 내가 캐리어를 끌지 못하게 했고, 티켓을 출력한 뒤엔 내가 들고 있는 작은 가방까지 자기가 들었어.

"파울라, 이제 그만해. 괜찮아."

나는 몇 번을 말했지만, 파울라는 웃으며 고개를 저었지.

"마지막까지 언니 챙기고 싶어."

출국장 앞에 도착했을 때 그 애를 꼭 껴안아줬어. 따뜻한 파울라의 체온이 느껴졌지.

"언니, 진짜 고마웠어. 그리고……."

파울라는 말끝을 잇지 못한 채 그냥 '잘 가'라는 말도 하지 못한 채 웃었어. 나도 웃었어. 그렇게 우리는 서로의 등을 두세 번 두드리며 작별했어.

출국장 안에서 몇 번이나 돌아봤지만, 파울라는 끝까지 서 있었어. 가끔 손을 흔들다가 그냥 가만히 서서 나를 바라봤어.

공항의 밝고 고요한 그 빛 속에서 그 애는 조금씩 작아지고 멀어졌지. 나는 작아진 파울라를 보며 이상하게 안심했어. 내가 끌고 가야 할 마음이 그 애보다 작아졌다고 느껴졌거든.

    고개를 돌리고 깊게 숨을 쉬었어.

다시 한국으로

안녕, 집에 도착했어. 앞마당엔 내 키만 한 잡초가 잔뜩 자라 있었어. 내가 제일 사랑하는 보금자리이자 감옥 같은 공간으로 강아지 부기와 함께 들어갔지. 언제나 똑같은, 마치 쇼룸 같은 나의 집. 누군가 갑자기 방문해도 깨끗한 집. 그렇게 깨끗하고 흠 없이 죽고 싶단 상상을 하며 소파에 누웠어. 편안하더라. 그리고 이 글을 쓰고 있지. 위에 쓴 세 줄의 유서는 이미 다른 종이에 써놓았고, 중요한 건 이 글들이야. 너에게 보낼 수 있을까, 네가 받을 수 있을까? 오랜만에 내 손글씨를 오래 바라보다가 갑자기 하고 싶은 말이 생겼어.

나는 나를 싫어하지 않아. 난 나를 너무

좋아하기 때문에 지금의 내 모습이 싫은 거야. 내 안에 시커먼 물만 줄줄 흐르지 않는다는 것도, 깊고 빛나는 것들이 있다는 것도 알아. 매일 내가 평범하다고 부르짖지만 대체로 똑똑할 때가 더 많다는 것도, 나만이 보고 쓸 수 있는 것도 있다고 생각해. 사람들은 내 솔직함이 부럽다고 하지만, 난 거짓말쟁이였던 거지. 솔직함이라는 탈을 쓰고도, 제일 큰 거짓말은 결국 나 자신에게 했던 셈이야.

그래서 이 이야기를 너에게만 하고 싶었어. 나에 대해 아는 사람은 너뿐이니까. 난 나를 사랑하지 않는 게 아니라 사랑할 자격이 없다고 생각해.

강토.

이 글이 네게 보내는 편지인지, 그냥 나 혼자 중얼거린 기록인지 잘 모르겠어.

결론은 아직 다 끝내고 싶지 않다는 거야. 유서를 어디 뒀는지는 말하지 않을게. 꼭 네가 읽었으면 좋겠어. 그럴 수 없더라도 언젠가 누군가가 읽는다면 내가 얼마나 나를 아끼는지, 얼마나 싫어했는지, 또 얼마나 좋아하고 싶어 했는지를 알아줬으면 해. 너한테 이 글을 보낼 수 없다는 걸 알면서도, 이상하게 처음부터 너한테 말하고 싶었어. 너는 내 안에 가장 오래 살아 있는 사람이니까.

여전히 죽고 싶진 않고, 살고 싶은 것도 아니야. 거울 속 내 모습이 초라해서 한참을 울었어. 결론은 하나—네가 보고 싶어. 앞으로도 그럴 거야. 오늘은 부기와 산책을 나갈까 해. 잘 지내, 강토. 나도 한 번쯤은 잘 지내볼게.

작가의 말

나를 중심으로 원을 그린다.
타인에게 닿기엔 멀고
혼자 견디기엔 너무 좁다.

그 한가운데서 또 다른 선을 그린다.
경계를 지우고, 모양을 바꾸고
닿을 수 없는 것을 향해 조금씩 다가간다.

그러다 보면 우리는
어디쯤에서 만나게 될지도 모른다.

아직 그리지 못한 말이 있다.

그 말을 꼭 전하고 싶다.

너는 잘 견뎌낼 거야.

반드시 괜찮아질 거야.

2025년 5월

백세희

백세희 작가 인터뷰

Q. 약력에 문예창작학과를 졸업하셨다고 밝히기도 하셨고, 몇 년 전 언젠가 소설을 써보고 싶다고 인터뷰하신 것도 읽은 적이 있어요. 《죽고 싶지만 떡볶이는 먹고 싶어》를 비롯해(이 책은 인터뷰에 가까우려나요?) 그동안 에세이를 주력 분야로 삼아오셨지만 머지않은 때 작가님의 소설도 읽어볼 수 있으리라 기대했고, 그 첫 발표작을 위픽 시리즈에서 소개할 수 있게 되어 영광입니다. 살면서 처음 쓴 소설은 아니겠지만, 처음 소설을 책으로 내시는 소감이나 감상을 듣고 싶어요.

A. 첫 소설을 위픽에서 낼 수 있어서 기뻤어요. 소설을 전공하긴 했지만, 그래서 더 주저했거든요. '잘 써야 한다'는 부담이 컸어요. 에세이는 제 이야기니까 자연스럽게 쓸 수 있었는데 소설은 나를 조금 벗어나야 한다는 생각이 들었어요. 하지만 시리즈물 안에 조용히 숨을 수 있어서 용기를 냈어요.

　제 글의 장점이자 단점은 '내 이야기밖에 하지 못하는 것'인데 이 소설은 오토픽션에 가까워서 저와 잘 맞았어요. 완전히 현실을 반영하진 않더라도 진심과 감정을 허구의 틈새에 담아볼 수 있었거든요. 그게 편했고, 덜 두렵게 다가왔어요.

Q. 《바르셀로나의 유서》의 소재, 다이어트나 몸에 관해서는 그동안 다른 글들에서 언급해오셨습니다. 앤솔러지《몸의 말들》에서도 처음 몸을 주제로 청탁받았을 때 체중 강박을 다룬 글을 쓰려고 했지만, 가장 오랫동안 골몰해온 아토피와 피부에 대해 쓰게 되었다고 밝히셨어요.

인터뷰를 준비하며 작가님과 주고받은 메일을 다시 살펴보았습니다. 단편소설을 청탁드리고 싶다는 말에 작가님께서는 "무엇을 쓸 것인가에 대한 고민을 많이" 하셨다고 대답하셨어요. 그때 생각했던 작품이 지금의 《바르셀로나의 유서》일까요? 소재만 같고 구체적인 꼴은 달라졌는지, 당시 구상했던 작품과 얼마나 가깝거나 먼지 궁금합니다. 이 소설은 어떻게 쓰시게 되었나요?

A. 가깝고도 멀어요. 혼재되어 있죠.

바르셀로나에 처음 도착했을 때, 그리고 돌아오는 비행기에서 이 이야기를 꼭 써야겠다는 생각이 들었어요. 하지만 바로 쓰진 못했어요. 여행 직후엔 감정이 너무 가까이 있었고, 제가 저를 타인처럼 보지 못했거든요. 초고를 쓴 뒤 한참을 묵혀두고 나서야 글이 제대로 보였어요.

그러다 보니 처음 구상했던 마음과 더 가까워지더라고요. 그때의 감정이 덜 왜곡된 채 남아 있었던 거죠. 처음엔 샘과 제가 거의 동일 인물이었는데, 지금은 떨어져서 바라볼 수 있어요. 오히려 편하게 쓸 수 있었죠.

Q. 소설에 등장하는 '강토'와 '파울라'는 모두 실제 인물이지요? 작가님의 다른 에세이에 강토라는 친구의 말이 인용된 것을 본 적 있어요. 파울라도 작가님의 《죽고 싶지만 떡볶이는 먹고 싶어》의 스페인판을 번역했고요. 화자인 '이샘'은 《죽고 싶지만 족발은 먹고 싶어》라는 베스트셀러를 썼고, 파주에 살며 아토피로 괴로워한 적이 있는, 작가님과 닮은 인물이지만 유일하게 가명을 쓰고 있는 인물이라 생각되었습니다. (하다못해 합정역 '저스티나'도 정말 있는 레스토랑이지요!)

실제 인물들의 이름을 빌려 쓰시는 데 고민은 없으셨는지, 왜 화자인 샘은 작가님을 닮았지만 '세희'가 아니었는지 이유를 들어보고 싶습니다.

A. 맞아요. 강토도 파울라도 심지어 담이도 모두 실제 인물이에요. 쓰기 전에 허락을 구했고요. 위에서도 말했지만 전 저 자신에게서 벗어나지 못해요. 시선을 넓히고 싶어도 어렵더라고요. 그런 저를 받아들이고 싶으면서도 동시에 벗어나고 싶었어요. 그래서 제 이름만 '샘'으로 바꿨어요.

샘은 저지만, 저와 다르기도 해요. 이름을 바꾸는 것만으로도 그 인물에게서 한 발짝 떨어질 수 있었고, 마치 '나는 이 이야기를 쓰지만, 이것이 나 전부는 아니야'라고 말할 수 있는 여지를 둔 거죠.

Q. 《바르셀로나의 유서》는 작가인 샘이 자신의 책을 스페인어로 번역해줄 파울라를 만나 바르셀로나를 여행하며 그간의 과정을 친구 강토에게 편지로 남기는 서간체 소설입니다. 편지는 파울라와 만난 이후를 시간 순서대로 서술하며, 사이사이 샘의 콤플렉스와 과거를 드러내고 있어요.

아무리 친구라고 해도 이렇게까지 모든 걸 다 말할 수 있을까 싶을 정도로 샘은 마치 마음을 활짝 열어젖히듯 자신의 이야기를 털어놓습니다. 소설 후반부에서 밝혀진 것처럼 이 편지는 강토에게 보내질 수 없기 때문에 가능했던 일이겠어요.

왜 샘은 다른 누구도 아닌 강토에게 이 편지를 쓰게 되었을까요? "깊고 맑은, 거짓말을 하지 못하는 눈동자"를 가진 강토를 상상하면 그 어떤 잘못되고 이상하고 못된 마음도 털어놓기 어려울 것 같았거든요.
수치스러워지니까요. 지방흡입을 했다는
고백을 하며 샘이 상상한 강토의 반응도
그렇습니다. "아니야. 잘못됐어. 이상해.
하지 마." 샘이 듣고 싶었던 말은 그런
말이 아니었을 것 같아요. 왜, 어째서
샘은 "운동과 식단, 한약, 양약, 다이어트
캠프, 단식원, 쥬비스, 위밴드술, 삭센다,
위고비, 지방흡입술"까지 "다이어트의 모든
퀘스트를"(23쪽) 깰 수밖에 없었는지 물을 줄
아는 친구에게나 겨우겨우 속마음을 털어놓을
수 있을 듯하거든요.

어쩌면 강토라는 너무나 선하고 올곧은
인물 또한 미의 양식을 갖춘 인물로서 샘으로
하여금 들러리가 되고 싶게 만드는 걸까요?
《바르셀로나의 유서》의 수신자로 왜 강토를
고르셨나요?

A. 강토는 제게 무해한 사람이에요. 어떤 자격지심이나 열등감도 느끼지 않게 만드는 사람이죠. 외모 강박이 심한 저한테, 눈에 보이는 것보다 중요한 게 많다는 걸 알려준 사람이기도 하고요.

예전에 제가 "나처럼 살찌고 피부 안 좋은 사람 보면 혐오스럽지?"라고 물었을 때, 강토는 진심으로 "넌 그런 사람들을 혐오해?"라고 되물었어요. 그게 왜 혐오로 이어지냐고, 누군가의 외형을 혐오한 적이 없대요. 그 대화가 잊히지 않아요.

저는 강토에게 무언가를 털어놓는 게 좋아요. 닿지 않아도 괜찮은, 절대 나를 해치지 않을 사람이거든요. 어쩌면 강토에게는 말하고 싶었지만, 현실에선 말할 수 없어서 그 마음을 '편지'라는 형식에 담았던 것 같아요.

Q. 아름다움을 좇는 마음에 대해서도 말씀을 나눠보고 싶어요.

작품에는 이런 구절들이 등장합니다. "예쁜 사람들 앞에선 늘 그래. 약해지고 기가 죽고 시녀처럼 벌벌 기게 돼. 앞에 레드카펫을 깔아준 채 편히 지나가십시오, 하고 싶고, 신부 들러리처럼 뒤에 서서 드레스를 정리해주고 싶어진달까."(16쪽) "웃긴 건 언니를, 담이를 질투하면서도 나도 예쁜 게 좋았다는 거야. 예쁜 걸 보면 사람이며 물건이며 장소며 가릴 것 없이 가슴이 두근댔어."(26~27쪽) 심지어 샘은 강토에게 파울라를 만나러 바르셀로나까지 가는 여정에 대해서도 "난 늘 어떤 모양이든 예쁜 것을 따라가야 마음이 놓이곤 하거든"(29쪽)이라고 설명해요.

사람마다 아름다움을 판단하는 기준은

다르겠지만, 아름다움을 좇는 것은 본능이라 느껴질 만큼 우리에게 익숙한 일입니다. 작은 문구나 소소한 집기를 구입할 때나 휴대폰 배경 화면을 설정할 때조차 무엇이 더 예쁘고 귀여운지를 자연스럽게 따져보잖아요.

하지만 그 잣대를 자기 자신에게 놓기 시작할 때 비참해지는 것 같아요. 못생긴 물건은 버릴 수 있고, 아름답지 않은(여기서 '아름답다'는 외양에 한정하는 것이 아닌 넓은 의미에서 사용해보고 싶습니다. 성격이 맞지 않다거나 윤리관이 다르다든지요) 사람과는 헤어지면 되지만 자기 자신은 그런 방식으로 소거하는 것이 불가능하지요. 그리고 샘이 말하듯 "자기 자신을 싫어하는 것만큼 불행한 건 없"습니다(43쪽).

'외모정병'이라는 단어가 최근 몇 년 유행어로 떠오를 만큼 외모 강박이 심각한 사회문제가 되어가고 있는 것 같아요. 오래된 문제지만 정도가 점점 더 심해지고 있지요. 오늘만 해도 SNS에서 아무리 애를 써도 여자 아이돌만큼 예뻐질 수 없다며 좌절하는 사람의 게시물을 보고, 어떤 감정을 느껴야 하는지 조금 막막한 기분에 빠지기도 했는데요. 《바르셀로나의 유서》에서 반복되는 사그라다 파밀리아 성당에 대한 가이드의 설명이 힌트가 될 수도 있겠습니다. "아무것도 없어 보이지만 환한 빛이 가득"할(65쪽) 수 있다는 것이요. 우리가 타인이나 스스로를 바라볼 때 안쪽의 빛을 발견하기 위해 애쓴다면 조금은 나아질 수 있지 않을지요.

앞서 말한 것처럼 아름다움을 추구하는 것이 본능적이고 자연스러운 일이라면, 우리는 어떻게 이것을 헤쳐나갈 수 있을지 작가님의 고민을 나눠주시면 좋겠습니다.

A. 정말 어려운 질문이에요. 저도 여전히 외모 강박, 다이어트 강박을 안고 살아요. '살이 찐 나는 쓸모없는 사람'이라는 생각이 마치 문신처럼 새겨져 있어요. 저 자신에게 한 번도 만족해본 적이 없고요.

그게 얼마나 불행한 일인지 알고 있지만, 쉽게 벗어날 수 없더라고요. 그래서 요즘은 계속 주입하려고 해요. 내 예쁜 부분을 억지로라도 보려고 하고, 글로 쓰고, 소리 내서 말하고요. 그게 절망을 조금이라도 밀어낼 수 있는 방법이라 생각해요.

또 우주 행성의 실제 크기를 보여주는 영상을 자주 봐요. '나는 우주의 먼지'라고 실감 나게 느끼는 거예요. 냉소는 아니고요. 눈에 보이지도 않을 만큼 작은 존재라는 걸 생각하면 그만큼 자유로워질 수 있어요. 어차피 다 죽을 건데 그때까지 나를 괴롭히며

살 필요는 없다고, 그렇게 매일 조용히 설득하는 중이에요.

한 조각의 문학, 위픽 wefic

구병모 《파쇄》
이희주 《마유미》
윤자영 《할매 떡볶이 레시피》
박소연 《북적대지만 은밀하게》
김기창 《크리스마스이브의 방문객》
이종산 《블루마블》
곽재식 《우주 대전의 끝》
김동식 《백 명 버튼》
배예람 《물 밑에 계시리라》
이소호 《나의 미치광이 이웃》
오한기 《나의 즐거운 육아 일기》
조예은 《만조를 기다리며》
도진기 《애니》
박솔뫼 《극동의 여자 친구들》
정혜윤 《마음 편해지고 싶은 사람들을 위한 워크숍》
황모과 《10초는 영원히》
김희선 《삼척, 불멸》
최정화 《봇로스 리포트》
정해연 《모델》
정이담 《환생꽃》
문지혁 《크리스마스 캐러셀》
김목인 《마르셀 아코디언 클럽》
전건우 《앙심》
최양선 《그림자 나비》
이하진 《확률의 무덤》
은모든 《감미롭고 간절한》
이유리 《잠이 오나요》
심너울 《이런, 우리 엄마가 우주선을 유괴했어요》
최현숙 《창신동 여자》

연여름	《2학기 한정 도서부》
서미애	《나의 여자 친구》
김원영	《우리의 클라이밍》
정지돈	《현대적이라고 말할 수 없는 죽음들》
이서수	《첫사랑이 언니에게 남긴 것》
이경희	《매듭 정리》
송경아	《무지개나래 반려동물 납골당》
현호정	《삼색도》
김 현	《고유한 형태》
이민진	《무칭》
김이환	《더 나은 인간》
안 담	《소녀는 따로 자란다》
조현아	《밥줄광대놀음》
김효인	《새로고침》
전혜진	《고르디우스의 매듭을 자르면》
김청귤	《제습기 다이어트》
최의택	《논터널링》
김유담	《스페이스 M》
전삼혜	《나름에게 가는 길》
최진영	《오로라》
이혁진	《단단하고 녹슬지 않는》
강화길	《영희와 제임스》
이문영	《루카스》
현찬양	《인현왕후의 회빙환을 위하여》
차현지	《다다른 날들》
김성중	《두더지 인간》
김서해	《라비우와 링과》
임선우	《0000》
듀 나	《바리》
한유리	《불멸의 인절미》
한정현	《사랑과 연합 0장》
위수정	《칠면조가 숨어 있어》
천희란	《작가의 말》
정보라	《창문》
이주란	《그때는》
김보영	《헤픈 것이다》
이주혜	《중국 앵무새가 있는 방》

정대건	《부오니시모, 나폴리》
김희재	《화성과 창의의 시도》
단 요	《담장 너머 버베나》
문보영	《어떤 새의 이름을 아는 슬픈 너》
박서련	《몸몸》
금정연	《모두 일요일이야》
박이강	《잡 인터뷰》
김나현	《예감의 우주》
김화진	《개구리가 되고 싶어》
권김현영	《수신인도 발신인도 아닌 씨씨》
배명은	《계화의 여름》
이두온	《돈 안 쓰면 죽는 병》
김지연	《새해 연습》
조우리	《사서 고생》
예소연	《소란한 속삭임》
이장욱	《초인의 세계》
성해나	《우리가 열 번을 나고 죽을 때》
장진영	《김용호》
이연숙	《아빠 소설》
서이제	《바보 같은 춤을 추자》
권희진	《일단 믿는 마음》
정이현	《사는 사람》
함윤이	《소도둑 성장기》
백세희	《바르셀로나의 유서》
이현석	《고백의 시대》

위픽은 위즈덤하우스의 단편소설 시리즈입니다.
'단 한 편의 이야기'를 깊게 호흡하는
특별한 경험을 선사합니다.

이 작은 조각이 당신의 세계를 넓혀줄
새로운 한 조각이 되기를.
작은 조각 하나하나가 모여
당신의 이야기가 되기를.

당신의 가슴에 깊이 새겨질
한 조각의 문학, 위픽

위픽 뉴스레터 구독하기
인스타그램 @wefic_book

 - 90

바르셀로나의 유서

초판 1쇄 발행 2025년 6월 18일
초판 3쇄 발행 2025년 11월 30일

지은이 백세희
펴낸이 최순영

출판2 본부장 박태근
스토리 팀장 김소연
편집 곽선희 김다인 김해지
디자인 윤정아 이세호

펴낸곳 ㈜위즈덤하우스 **출판등록** 2000년 5월 23일 제13-1071호
주소 서울특별시 마포구 양화로 19 합정오피스빌딩 17층
전화 02) 2179-5600 **홈페이지** www.wisdomhouse.co.kr

ⓒ 백세희, 2025

ISBN 979-11-7171-438-4 04810
　　　979-11-6812-700-5 (세트)

값 13,000원

· 이 책의 전부 또는 일부 내용을 재사용하려면 반드시 사전에
　저작권자와 ㈜위즈덤하우스의 동의를 받아야 합니다.
· 인쇄·제작 및 유통상의 파본 도서는 구입하신 서점에서 바꿔드립니다.